U0005086

THE LIFE MAP

人生地圖

高橋步——編著　**詹慕如**——譯

我能不能擁有自己的規則呢？

太有感覺了。
高橋步先生總是這樣。

每次一打開他的書，人生的頻率就會開始改變，變得更軟、更慢、更鬆、更舒服，它就像一陣溫柔但堅定的呢喃，讓空氣中所有脆弱和空虛都瞬間消散……

我最近的人生有很大的改變，雖然有點不安，但《人生地圖》卻給了我一句話：不要遵從別人的生活規則，要自己去創造。擁有自己規則的人，絕不會迷失方向。

我當場被點醒了。

身為一個公眾人物，一定要遵守這行業的鐵則，但是，我就因此而不能擁有自己的規則嗎？只因為順著鐵則就不會錯？那這樣的我，難道不算是迷失嗎？

所以我決定，我要照著自己的規則走，雖然心裡有點怕、也可能會毀了一切，但至少我沒有背叛自己，也因此感覺幸福。

這就是美好人生吧？

更何況，結果真的有那麼糟嗎？

所以在這裡想邀請大家，一起享受高橋步的浪漫，然後在自然而然的軟語催眠中，找到屬於自己幸福的力量。

演員・歌手 宥勝

THE LIFE MAP
人生地圖

高橋步——編著　**詹慕如**——譯

前言

這是一本能幫助你了解自己的書。

爲了讓每個人都能隨心所欲地自由享受這趟名爲人生的旅行，
我試著收集許多可能帶來小小啓發的珠璣佳句。

旅行的途中，何妨停下腳步攤開地圖來看一看。
確認現在身處的地方、想想往後的方向，
回顧這一路走來的軌跡⋯⋯。

自己想追求什麼？
靠什麼維生？
想和誰一起生活？
要選擇什麼？選擇誰？
該如何行動？
什麼是自己的規則？
要活出什麼樣的故事？

偶爾，何不慢慢跟自己對話，
試著確認藏在內心深處的想法。

在藍天下？

工作午休時？

在自己房間床上放鬆休息時？

攤開自己的人生地圖吧。

Life is a journey with love & free.

「人生沒有規則，但提示遍尋皆是。」

～查理 布考斯基（譯註：Charles Bukowski，1920-1994，德裔美國詩人、小説家）

目次

CONTENTS

「人生地圖」

"THE LIFE MAP"

Written & Edited by Ayumu Takahashi

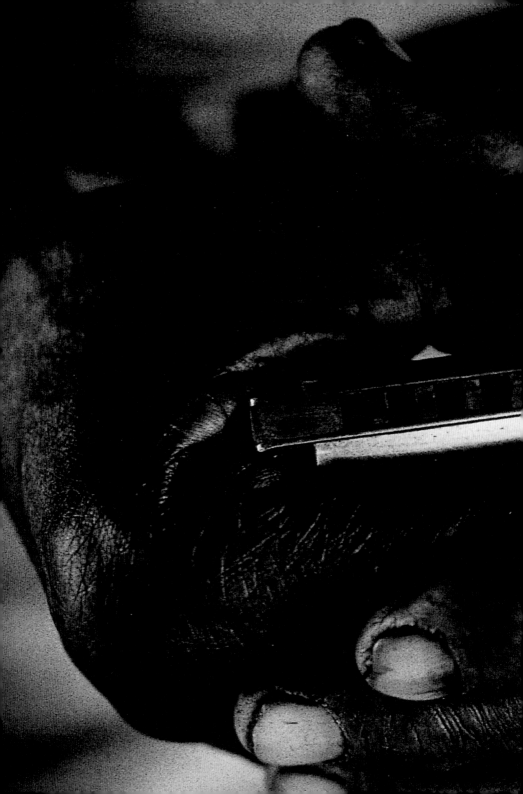

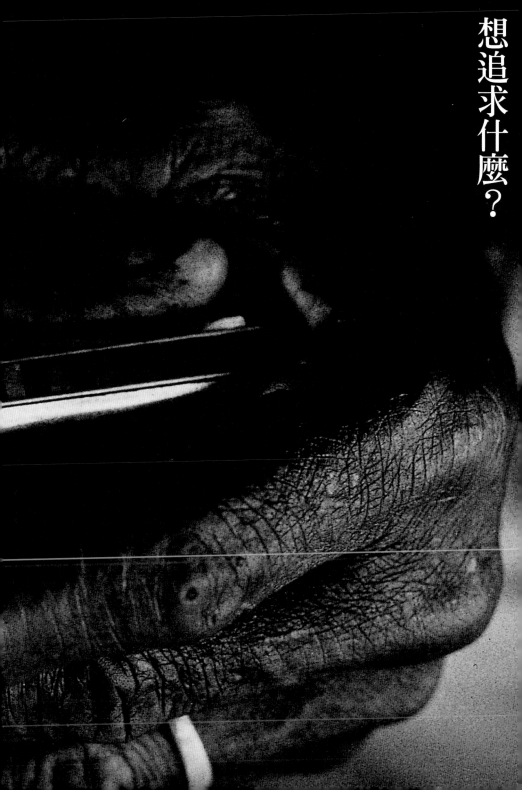

想追求什麼?

靠什麼維生？

想和誰一起生活？

要選擇什麼？選擇誰？

該如何行動？

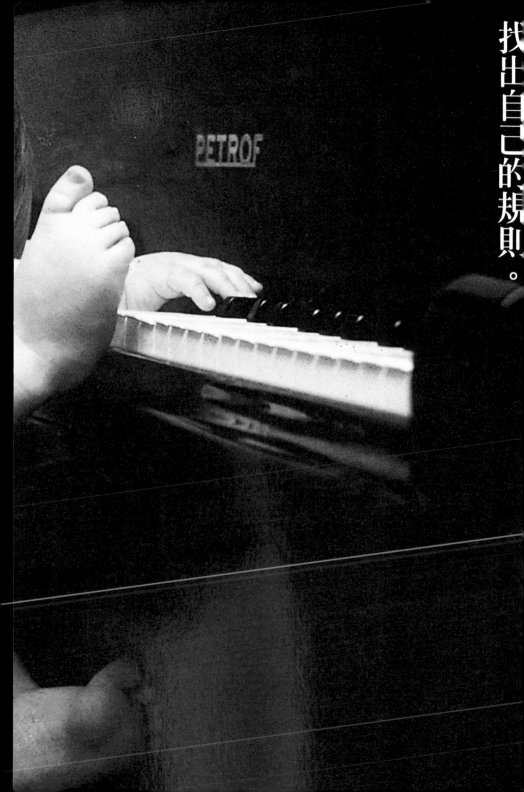

找出自己的規則。

活出自己的故事。

人生是一場旅行。

畫一張專屬自己的地圖吧。

"THE LIFE MAP"

Written & Edited by

Ayumu Takahashi

想追求什麼？

01

慾望

Desire

「最重要的，就是自己清楚自己想做什麼事。」
司那夫金

《姆米谷的瘋狂夏日》朵貝·楊笙（Tove Jansson）／講談社文庫（台灣小知堂出版）

你想追求什麼？

不知道自己想做什麼？

這種事不管再怎麼費心思索，或許一輩子都想不透。

總之，大膽敞開你的五感。

憑著一股「凡事先試再說！」的精神，讓好奇心帶領你，

在這地球上快意奔馳吧。

想做什麼事不是靠腦袋想出來，要用心去感受。

不管是誰、是什麼都好。
首先，要抱持憧憬。

描繪自己人生時，擁有一個「我想像他一樣……」的理想
範本非常有意義，

因為所有的原創都始於模仿。

喜歡就說喜歡。
討厭就說討厭。

你是不是被閹割了？

是不是過於小看自己，忘記自己可以懷抱夢想？

與其被這個社會豢養、閹割，

還不如虛張聲勢，招搖一番。

自己所追求的自由感。

在什麼時候、什麼情況下，自己能感受到自由？

只要能清楚這一點就夠了。

思考自己辦得到、辦不到之前。
先釋放你內心的慾望吧。

你希望獲得什麼？
你想要追求什麼？

大聲吶喊出慾望。

「慾望」想追求什麼？

我希望一輩子與海相伴而生。
＊職業衝浪手　蛸操　《被淘汰的高手》森永博志／東京書籍

當醫生能確保生活安定。
但我一心只想畫畫。
＊手塚治蟲　《手塚治蟲大全》　Magazine House

我想靠桌球，在這顆星球上拿到第一！就醬！
＊Peko　《乒乓》　Asmik Ace

我要活得讓靈魂舒適愜意。
My direction is as pleasing to the soul.
＊伊凡‧修納德（譯註：Yvon Chouinard，1938）　（巴塔哥尼亞（Patagonia）創始
人）《Patagonia Presents》君子雜誌日本版

我想跟喜歡的人在喜歡的地方，悠遊自在地生活！
除此之外別無所求了。
＊某位二字頭女性

我熱愛龐克搖滾。
可不是嘴上說說，
是真正發自內心喜歡。

我，熱愛龐克搖滾。
＊THE BLUE HEARTS　《龐克搖滾》

「 慾 望 」 想 追 求 什 麼 ？

我想永遠當個英雄
專屬你一人的英雄
＊Mr. Children　　《HERO》

有一天我突然冒出一個念頭，
想過著工作半年、出去探險半年的生活。
＊創意總監　森田靖郎　《被淘汰的高手》森永博志／東京書籍

有一段時期不只是插畫，我甚至開始迷惘，自己今後的人生不
知該如何往下走。我模糊地有個念頭，希望將來能住在墨西
哥，但總覺得時機未到。我一時起意，那不如去加德滿都吧。
結果在那裡找到的答案，就是把自己想做的事、覺得有趣的事
等等，把正面慾望全都傾瀉出來，不去思考該畫什麼風格的東
西，只要畫自己想畫的就行了。對，我終於看開了。
同時我也認為，人生在世與其煩惱，還不如盡情去運用「自
己」，不要有一絲浪費。盡量往正面、積極的方向來運用自
己。直到現在我都是這樣走過來的 。
＊插畫家　大西重成　《被淘汰的高手》森永博志／東京書籍

「今天的啤酒也真好喝！」
我只希望每一天都能這樣度過。
＊某位美女撰稿人

「慾望」想追求什麼？

不畏風、不畏雨
擁有不懼寒雪溽暑的健康體魄
不貪求、不發怒
常保安靜的微笑
一天食用四合糙米、味噌，及些許蔬菜
遇事不先套入己見
多看、多聽
並且謹記在心
棲身於原野松林深處的茅草小屋
東有患病的孩子
去照料他
西有疲憊的母親
去替她扛起稻束
南有瀕死之人
去告訴他，死無所懼
北有爭端訴訟
去要他們放下無謂堅持
乾旱時淚流不止
遭遇寒害的夏天又擔憂踱步
大家都說我傻
不受稱讚
也不被厭棄
我就想當個這樣的人。

＊宮澤賢治　《新編宮澤賢治詩集》　角川文庫

靠什麼維生？

工作

Job

「要靠什麼養活自己。這是個大問題。」

職業無貴賤。
人人都有「適合自己的職業」。
重要的不是其他人的眼光，
而是一份能讓自己引以爲傲的工作。

我絕對不想成為一個討厭自己工作的混蛋。

先要能全心沉迷於自己想做的事。
一切都由此開始。

沒興趣的事很難學得好，
有興趣的事容易確實進步。

沉迷於自己喜歡的事，多多累積經驗，當自己具備的知識
和技術開始能對他人有所幫助時，
結果和金錢就會自然而然伴隨而來。

「一個大人能認真持續玩一件事，久而久之這件事就能變
成工作。」

因為自己沒有天份所以不可能？
把自己的不成熟歸咎於與生俱來的才能，
這種人實在太對不起父母親了。

把自己喜歡的事做到盡善盡美。
這就是對社會最大的貢獻。

首先，要多觀察、多認識人，找到自己想做的工作。
然後全心投入這份工作，徹底學習專業技術和知識。
接下來就充分活用學會的知識和技術，造福他人。

要靠喜歡的工作來維生。
一點都不困難。
你只需要單純做好該做的事，如此而已。

「工作」靠什麼維生？

能樂在工作，人生就是樂園。
視工作為義務，人生好比地獄。
✱俄國作家　高爾基（譯註：Maksim Gorky，1868-1936）

我從沒想過要賺錢。
做自己喜歡的東西，還能藉此維持生活，再也沒有比這更棒的
事了。
✱高橋吾郎（GORO'S品牌創始人）　《被淘汰的高手》森永博志 / 東京書籍

在美國待了兩年半，看過一百多場現場演出，最精采的還是巴
布・馬利（譯註：Bob Marley，1945-1981）。
我看得熱血沸騰。告訴自己，我也要玩音樂。
✱音樂家　S-KEN　《被淘汰的高手》森永博志 / 東京書籍

我這個人不擅於跟別人說話，所以才用照片來說話。如果沒有
攝影，我的人生一定很不一樣。變得平凡、又無趣。拜玩攝影
之賜，我可以旅行，可以透過照片觀察形形色色的人和世界。
而且以我的情況來說，多半不是拍攝商業廣告，更可以大大方
方地去觀察，很不錯吧。
✱攝影師　三浦憲治　《被淘汰的高手》森永博志 / 東京書籍

「工作」靠什麼維生？

還是新人的時候我下定決心，要找出一個能在NBA中爭得一席
之地的強項。
那就是籃板。

＊NBA籃板王　丹尼斯 羅德曼（譯註：Dennis Rodman）　　《盡情使壞：NBA籃板王
羅德曼自傳》德間書店（譯註：台灣智庫出版）

如果說我有任何長處，其實就只是喜歡引擎喜歡到無法自拔，
因此可以埋首其中。

＊山岡孫吉（Yanmar 柴油引擎創業者）

我不是為了成就事業而拍電影，而是為了拍電影而經營事業。

＊華德 迪士尼（迪士尼創始人）

我從來不認為導戲是自己的工作。小時候我沒什麼憧憬的行
業。雖然有想做的事，但那些事往往很難連結到特定行業。總
之，只要做好自己想做的事，自然就能產生一套方法論、受到
認同，接下來不管做什麼都能順利。但自己總是會格外嚴格要
求自己，不能稍有懈怠。我沒辦法自以為是地坐在導演椅上，
高傲地睥睨一切。因為那些稱號，只不過是表面的頭銜罷了。

＊導演 桂安平 《被淘汰的高手》森永博志／東京書籍

「工作」靠什麼維生？

商業的世界只接受兩種貨幣，
現金與經驗。
先汲取經驗，現金隨後就會自己送上門來。
＊哈洛德‧季寧（譯註：Harold Sydney Geneen，1910-1997）（IT&T 前總裁）

老是做別人會做的事，工作是不會上門來的。所以哪怕是要我
全身衝進真正的玻璃、臉砸在酒店吧台、從高處跳下來，我都
樂意之至。
＊成龍 《我是成龍》（I am Jackie Chen-My Life in Action）/集英社（台灣時報文
化出版）

我不是為了求口飯吃才認真努力。
自己要靠什麼維持生活，這是人生觀的問題。
＊賽車手 片山敬濟 《被淘汰的高手》森永博志/東京書籍

工作該自己尋找。
職業要自己塑造。
只要記住這一點，工作、職業就有無限可能。
＊豐田佐吉（豐田集團始祖）

我不是天才。
只是比別人花費更長的時間專注在一件事上而已。
＊愛因斯坦（譯註：Albert Einstein，1879-1955）《愛因斯坦的150句名言》
Discover 21

「工作」靠什麼維生？

我喜歡畫畫，但不想成為單純的畫家。我希望活得更自由、更忠於自己。我覺得限制自己的工作、職業，實在很無趣。不管是繪畫或者雕刻，寫文章或上電視，如果只是為了討生活而交易，也未免太空虛。所以我雖然嘗試許多事，但那都不是我的職業，身為一個人，我說想說的話、做想做的事。有時候會因此帶來收入、有時候並不會。我只想任性隨心地活著。

＊岡本太郎　《活得更堅強》　East Press

我的工作是為人妻、為人母。
現在我的夢想就是扮演好「妻子」和「母親」這兩個角色。
這跟我打工或者在公司上班時所做的事完全不同，但是看待自己工作的態度、面對工作的處理方法，卻沒什麼不一樣。儘管有時順利、有時挫折，但我總是全力以赴，也覺得很樂在其中。

＊住在沖繩的主婦

問題不在於特殊技藝或者方法……
而是如何貫徹到底，不是嗎？

＊黑傑克　《BLACK JACK》手塚治蟲／秋田文庫

想和誰一起生活？

伴侶

Partner

「決定人生這場旅行樂趣的因素。
不在於旅行的目的地，重要的是跟誰一起走。」

人無法離群索居。
人必須依附在人際關係中而生。

「這趟人生我想跟這個人一起生活到最後。」
因為有了這個念頭，我結婚了。

一切都始於家庭。

無法帶給自己家人幸福的人，
也不可能帶給日本、地球幸福。

在人生這趟旅行的途中，會邂逅許多人。
其中有幾人讓你想共同生活？

有時我們能如願以償，有時不然。
在某一段時光中，共同朝向自己所描繪的目標，
一起埋首克服難題。
人生路上，我想和這樣的朋友永遠攜手並進。

誰是你值得珍惜的人？
好好珍惜自己珍愛的人。

與心愛的人，共度自由的人生。

「伴 侶」 想 和 誰 一 起 生 活 ？

不管到幾歲，人與人的邂逅都有可能改變自己。

＊《國光執政》　安童夕馬、朝基勝士／講談社

當時與妳相遇，改變了我的人生。
即使現在相隔兩地，與妳一起共度的時間，始終是我人生中的
珍寶。
有過那段時光，才有現在的我。
希望彼此的人生都能擁抱幸福。直到永遠。

＊摘自某封信中

在你所不知的地方　有各色各樣的人生
你的人生　獨一無二
你所不知的人生　也同樣獨一無二
所謂愛一個人
就是去了解自己不知道的人生

＊灰谷健次郎　《孤零零的動物園》茜書房

你心中的公寓，都住著什麼人？

＊刻在某座都市牆上的話

「 伴 侶 」 想 和 誰 一 起 生 活 ？

無論帝王或農夫，只要能在家庭中找到和平，
就是最幸福的人。
＊德國作家　歌德

希望那傢伙感到幸福的時候，
在她的心中有我。
＊《純愛新娘》　吉田聰 / 大都社

所謂愛，不只是去面對彼此。
更重要的是能一起看見同樣的希望。
＊某位編輯

如果希望被愛，首先要先學會如何愛人。
＊古羅馬哲學家　塞內卡

真正重要的是能喜歡上某個人……
＊姆米媽媽　《姆米全家福與美莎》　朵貝‧楊笙（Tove Jansson）／ 福武書店（台
灣小知堂出版）

關愛所有人、信任少數人。
＊莎士比亞

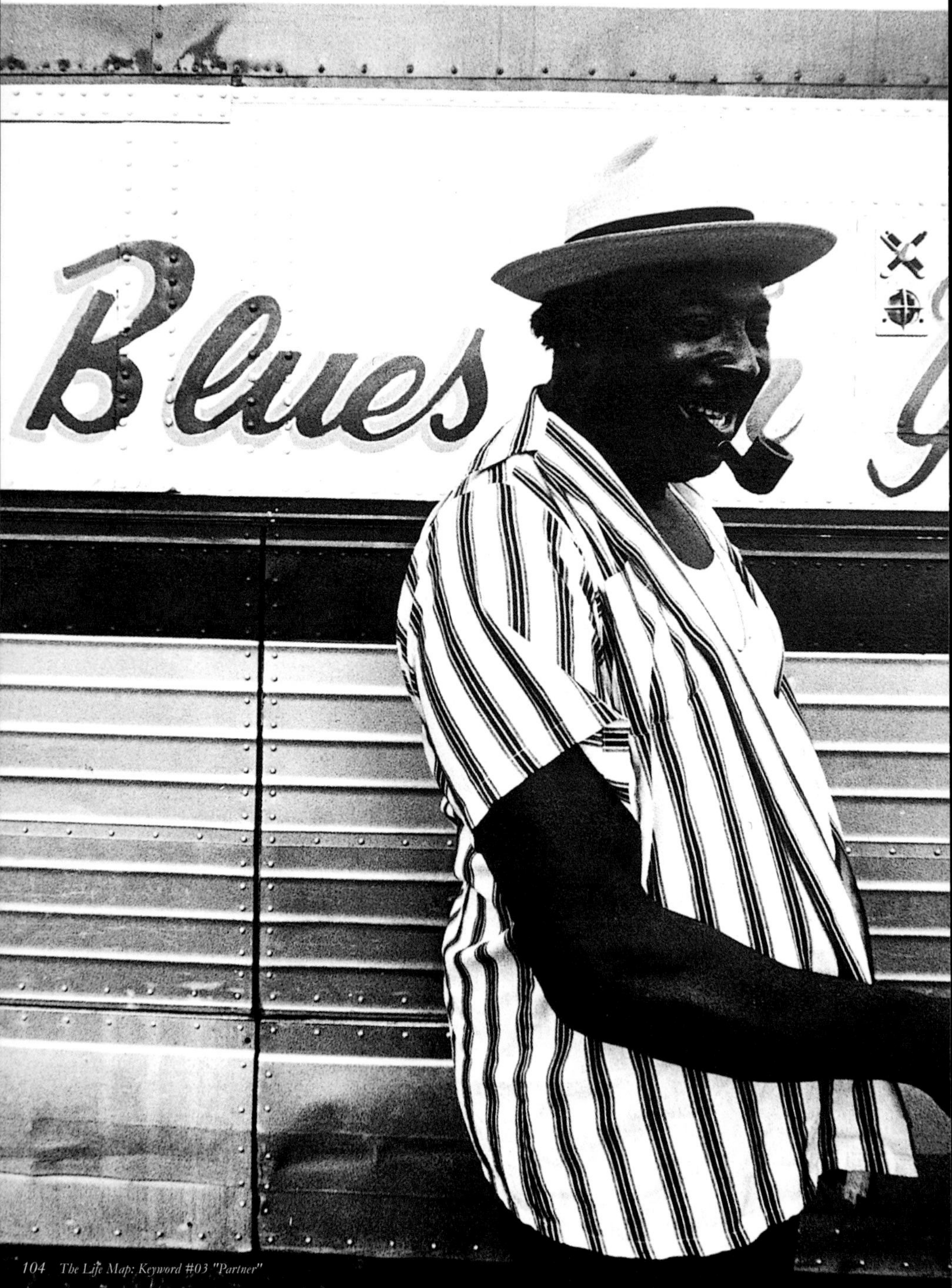
Blues

「 伴 侶 」 想 和 誰 一 起 生 活 ？

空氣、陽光、友誼，只要還擁有這些，就無須沮喪。

＊德國作家　歌德

人生中最重要的事？很簡單。

人生的美好和樂趣，取決於跟誰一起生活。

總之，共度人生的夥伴非常重要。

描繪遠大願景之前，先學會好好珍惜眼前的人。

＊某位老人

要選擇什麼？選擇誰？

選擇

Choice

「人生的一切，終究都是自己選擇的。」

選擇什麼才是最好的？

答案不是靠別人告訴你，要靠自己回想。
一切的答案都在自己心裡。

所以要自己決定。
然後勇於負責。

挑選了某些東西，就意味著必須捨棄某些東西。
愛上某個人，就意味著不愛某個人。

重要的事很多。
但能選擇的只有一個。

單純去感受自己的「核心」。
想清楚自己的優先順序。

再來就只需要依照這個順序而活。

用肌膚感受、用身體感受。

不相信自己身體裡蘊藏的感性，
那還能相信什麼？

BELIEVE YOUR 雞皮疙瘩
雞皮疙瘩不會說謊。

人生全靠感性決定。

需要的不是勇氣，而是覺悟。
決定之後，一切就會開始啓動。

不是積極、也不是消極，
只是活得真實。

到頭來，或許所選擇的結果並沒有太大意義。
不管選擇什麼，誰都無法預料結果是好是壞。

重要的不是選擇了什麼，而是選擇之後要如何生活。

能夠豁達接納一切、踏實努力的人，不管選擇什麼，最後
都能夠笑著說，「真高興做了這個選擇」。

「 選 擇 」 要 選 擇 什 麼 ？ 選 擇 誰 ？

要就此讓人生得過且過？
還是要不斷追求獨一無二的人生？
＊布袋寅泰 　《BEAT EMOTION》

有時候總覺得自己前進的方向一分為二，開始煩惱不知該選擇
哪一條。一邊是自己偏愛、但不知能不能順利走下去的路，另
一邊是雖不喜歡，卻比較踏實安全的路。我曾經遇過好幾次這
樣的分叉路口。不過，假如我接到許多電影、電視要我擔任演
員的邀約，我總會拒絕，因為我不曾想過要靠當演員或藝人獲
得成功。與其演出，我更想自己製作電影。拍電影可以投注我
所有經驗。我總是用這種方法挑選自己覺得不錯、比較喜歡的
一方。選擇無法靠腦筋思考、較冒險的一邊。
＊油井昌由樹 　（Sports Train負責人）　《被淘汰的高手》森永博志 / 東京書籍

要做出選擇的時候，每個人都必須順從自己的本能。
＊勞勃・狄尼洛 　《柯夢波丹》1994年9月號　集英社

不是「也無不可」，而是「非此不可」。
＊機車賽車手 　片山敬濟 　《被淘汰的高手》森永博志 / 東京書籍

當一個人能打從心底認為「這就是我！」時，表情是最可愛動
人的。
＊吉田美和 　（DREAMS COME TRUE）　《MORE》1999年6月 集英社

「 選 擇 」 要 選 擇 什 麼 ？ 選 擇 誰 ？

你以什麼當目標，犧牲了什麼？
＊松任谷由實　《No Side》

如果希望到達某個目的地，就必須下定決心，不再停留於現在
的位置。
＊約翰‧皮爾龐特‧摩根（John Pierpoint Morgan，1837-1912）（摩根大通集團創始
人）

放棄好事，是逃避。
告別壞事，是勇氣。
＊櫻井章一　《雀鬼流》　三五館

只要掌握真正重要的事，其他事就無須太過在意了。
真正重要的事，其實並不太多。
＊腳本家　北川悅吏子　《Grazia》1999年9月　講談社

「真正重要的事，是眼睛看不見的……」
＊聖‧修伯里　《小王子》　岩波書店（台灣飛寶出版）

「 選 擇 」 要 選 擇 什 麼 ？ 選 擇 誰 ？

嘴上說著好猶豫不該選擇哪一邊時，心裡多半一開始就有了答案。其實早已明白那個選擇比較好。所以正確來說，此時並不是在猶豫該選哪一個，只是害怕面對定局而已。這種時候只能逼自己下決定，大聲告訴周圍的人，讓自己沒有後路。不妨給自己一些正面的壓力。

＊某位女酒保

希望完全透徹全局之後再下定決心的人，往往無法下定決心。

＊瑞士文學家　艾彌爾（Henri Frederic Amiel，1821-1881）

光是原地踏步也會磨耗鞋底的。

＊《純愛新娘》　吉田聰　大都社

與其因倦於挑選入眠，我寧願因疲於奔走而睡。

＊砂漠民族諺語

該如何行動？

行動

Action

「沒有行動力的精神論是種危害」

行動不需要理由。
只需要讓衝動推著你走。

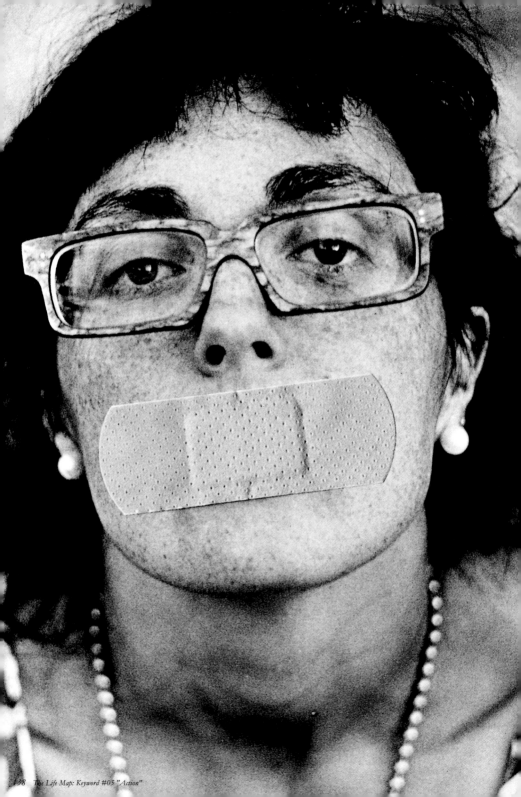

廢話少說。
先做，自然就懂了。

靠著毫無根據的自信往前衝！

攻擊者有自由，但防禦者沒有。

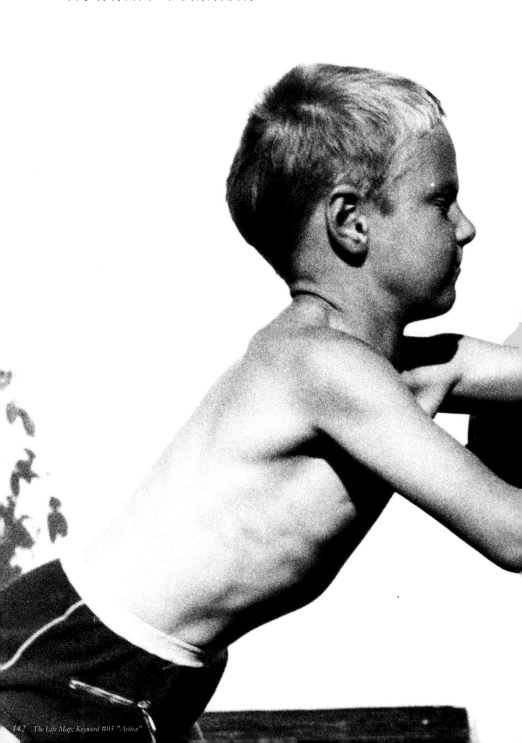

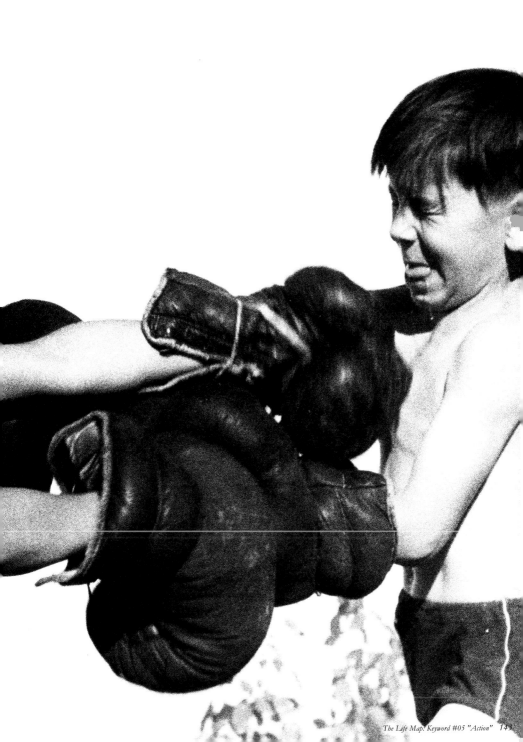

衝，再往前衝。

用那足以破壞所有東西的絕對能量。
用那超越了想像力、爆發性的創造力。

讓這一瞬，決定一切。

從「我一定要試試！」到「該怎麼
從熱切的思想談論，到具體的戰略

讓想像順暢推展。

SIMPLE ＝ POWERFUL

頭腦愈簡單的傢伙，行動愈有力。

光說不做的傢伙！FUCK！
口令就是「先幹了再說！」

「 行 動 」 該 如 何 行 動 ？

一個積極的笨蛋，或許還有機會，
一個消極的笨蛋，連機會都沒有……。
＊伊藤開司　《賭博默示錄：Kaiji》　福本伸行／講談社（台灣長鴻出版）

談論理想很簡單，親自實踐卻不容易。
正因爲如此，不管任何時候，都必須盡其在我 。
結果可能令人欣喜，可能讓人沮喪。也可能犯下錯誤 。
不過至少你能對自己誠實，也竭盡所能地朝自己描繪的夢想前
進。
＊一級方程式賽車手　艾爾頓・冼拿（Ayrton Senna da Silva，1960-1994）　《冼
拿》　櫻井淑敏・谷口江里也／早川書房

把過去嘗過的失敗，視爲尋找人生觀所繳的學費，其實一點也
不貴。
＊堤康次郎（西武集團創業者）

我知道許多人都反對。但重要的是先接受，然後實際去感受，
確實實踐之後再去發掘哪裡不好。
＊瑪丹娜　《美麗佳人》1993年1月號　中央公論社

「行動」該如何行動？

現在新人輩出，但顯然已經面臨瓶頸。
最關鍵的原因就是經驗不足。
經驗不只是單純累積時間，而是能感受他人的眼、耳、皮膚觸感。
＊松田優作　《松田優作　炎静地》　山口猛／智慧之森文庫

藝術家啊，動手吧，別動嘴。
＊德國作家　歌德

不管是吐「口水」（憎）或者插「花」（愛），我現在認為，只要是人類一邊呼吸一邊進行的行為都十分尊貴。不管是壞事或善行，那都是一種人類受到生命刺激所產生的行動，值得尊重。所以我對封閉生命、自閉化的行為持非常否定的看法。我覺得不管任何事都無所謂，當生命有所刺激、發揮了某種功用時，都值得肯定。
＊藤原新也　《沈思彷徨》　筑摩書房

世界上許多人都有很好的點子，但是卻少有人具備實現好點子的勇氣。我們只是橫衝直撞地去實踐而已。
＊盛田昭夫　（索尼共同創辦人）

「 行 動 」 該 如 何 行 動 ？

我不再讓「常識」或「恐懼」限制自己的行動。
於是，以往自己生活中沒有的新網路便接二連三地出現了。
＊電影導演、作家　龍村仁　《地球交響曲間奏曲》 INFAS

我只想說，說話前先動手吧。
＊勞勃‧狄尼洛　《花花公子週刊》1996年4月23日號　集英社

什麼都試試吧，不試怎麼知道呢。
＊鳥井信治郎　（三多利創業者）

如果能實行所有自己辦得到的事，結果一定會讓他人如同字面
般仰天驚歎吧。
＊發明家　愛迪生

找出自己的規則。

規則

Rule

「正確的規則，可以引領我們走向自由。
除此之外再無規則。」

沒有自己規則的人，無法選擇道路。
只能忽左忽右、在灰色地帶隨波逐流。
最後在不知不覺之間被綁上繩子，成了傀儡人偶。

不要遵從別人的生活規則，要自己去創造。
擁有自己規則的人，絕不會迷失方向。

自己的價值觀、自己的美學、自己的風格、自己的信念、
自己的人生態度……。

什麼都好。
先把自己心裡的意念，單純地化爲言語，深深烙印 。
然後一定可以產生自己倚之爲生的規則。

Life Map: Keyword #06 "Action"

如果能揚起一面「自己的大旗」，你想寫上什麼斗大文字？

被他人規則束縛的人，是豢養的豬。
沒有自己規則的人，是快樂的豬。
不管是哪一種，我都不想當豬。

你有自己的規則，別人也有。

彼此和平共存，不破壞他人的原則、也堅守自己的原則。

對自己重要的感覺。
絕不想遺忘的感覺。

把這些訴諸文字，隨身攜帶。

「 規 則 」 找 出 自 己 的 規 則

不盡情玩樂的人，就不該工作。
＊《Patagonia Presents》　君子雜誌日本版

想做就去做。
不想做就別做。
＊辰吉丈一郎　《波瀾萬丈　辰吉丈一郎》　Baseball Magazines

每個人各自有各自的才能。
所以別去碰不拿手的事。
但拿手的事就該拚了命去做。
＊某位友人的家訓

對自然溫柔，對自己嚴格
＊裸族的傳說

一輩子都當條雜魚。
到死都不忘記學習的謙卑。

一輩子都當個旅人。
到死都不忘記相逢的喜悅。
＊某位旅人

「 規 則 」 找 出 自 己 的 規 則

我總是在做些悖離潮流的事。眾人追求的事我一點興趣都沒有，向來只做能讓自己感動的事。
只要去做自己覺得最棒的事就行了。
我一路都是這樣走過來的。
＊店主　山崎真行　《被淘汰的高手》森永博志／東京書籍

如果問我有什麼心裡的規則，或者跟自己的約定，大概就是「一旦開始嘗試，不到完美順利絕對不罷休」。這麼一來總有一天一定能成功。任何事都不可能一開始就成功，從失敗中學習、逐步成長，就能穩紮穩打地接近目標，總有一天能迎接最棒的目標，要永遠開朗、充滿活力地努力。若是動不動就因為初期的失敗而受傷，不管有幾條命都不夠用。
＊某位創業家的話

不逃避，開朗面對，
這就是我的座右銘。
＊岡本太郎　《活得更堅強》　East Press

「 規 則 」 找 出 自 己 的 規 則

我覺得自己活著，是爲了更接近理想中的「美女」。包含外表、能力、精神等各方面，總之，爲了能成爲「美女」，我幾乎花費了所有時間，完全不碰除此以外的事。不管那些事看來有多有趣、或者可能帶來金錢。我希望自己能抗拒誘惑，完美地管理自己，永遠閃耀光采。

＊某位粉領族

自己的感覺或許不一定正確。
說不定自己所有五感都是錯誤的。
所以才應該永遠開放自己。
接收各種資訊、大量知識。
側耳傾聽，不放過任何新知。
我相信這麼一來，不管是人或者機器，都能漸漸超越界限。

＊一級方程式賽車手　艾爾頓・洗拿（Ayrton Senna da Silva，1960-1994）　《洗拿》　櫻井淑敏・谷口江里也 / 早川書房

我告訴自己，有人來找無謂的碴，千萬別奉陪。
就算被人認爲這樣沒有男子氣概、很不中用，我也一定會道歉或者逃離當場。
不過如果是我的家人、朋友，或者我心愛的人受到侮辱，我一定會要對方的命。

＊前不良少年

「 規 則 」 找 出 自 己 的 規 則

希望自己是這樣一個人。
不被任何人利用
不須向任何人低頭
希望能當這樣一個人。
不利用他人
不欺虐他人
但也不讓自己受欺虐
希望能當這樣一個人。

從自己最深處的泉源
汲取最新鮮的
生命之泉
希望能當這樣一個人。

任何人看了
都會認為，為人當如此
希望能當這樣一個人。
一個人
只要能做好一個人就足夠了
一個真正的人

每個獨立的個體
都該互相愛護、尊敬、同心協力。
這該是何等美麗的情景。
但是企圖利用他人得利，又是何等醜陋。
能真正了解那醜陋的，就是一個真正的人。

＊武者小路實篤　《武者小路實篤詩集》　角川文庫

活出自己的故事。

故事

Life Story

「試著把自己的人生當作一個故事。」
當你掌握這個觀點，人生將會有巨大改變。

人生苦短。
人生所剩時間有限。

早晚，
自己會死，心愛的人也會離世。

這是人人都必須接受的事實。

感受近在身邊的死，才會產生對生的緊張感。

Memento mori ～記得你終將一死～

為了在有限時間中，度過最棒的人生。

我們生在這個時代、這個國家。
在此前提下，我們能寫出什麼樣的故事？

給這乏味無趣的世界，多點趣味

上天給了每個人不同任務。
你擔負的是什麼任務？

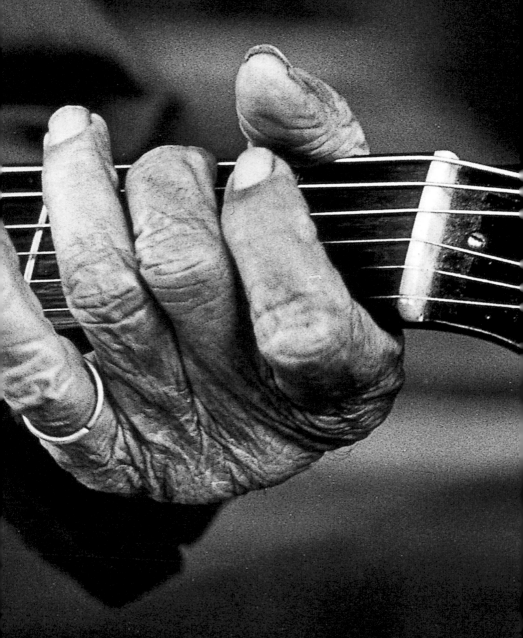

難熬的夜晚，就一個人高唱自己人生的主題曲吧。

偶爾也讓自己放鬆放空吧。

你心中的頑童湯姆還好嗎？

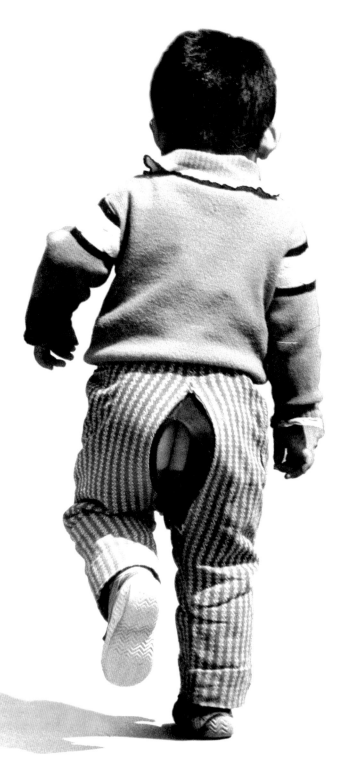

現在，我站在這裡。
我總是從當下所處的地方，直視前方。

「 故 事 」 活 出 自 己 的 故 事 。

任何年齡都有它美麗之處。
＊愛因斯坦（Albert Einstein，1879-1955）　《愛因斯坦名言集》　大月書店

人生從無安定。既然如此，就當個擅於對付不安定的硬漢吧。
＊櫻井章一　《雀鬼流》　三五館

我打算活到足夠寫七集自傳。
＊第三代魚武濱田成夫　《三代目魚武濱田成夫語錄》　幻冬舍文庫

懷抱夢想，彷彿可以永遠活著。
奮力活著，宛如今天即要死去 。
Dream as if you'll live forever.
Live as if you'll die today.
＊詹姆士‧狄恩

不能把一切當作過去，然後就此了結。
重要的是擁有過去，現在也要和過去一樣，不斷挑戰 。
很多人上了年紀之後打高爾夫、搭高級車，但我對這些事一點
興趣都沒有。
＊垂水Gen　（Hollywood Ranch Market）　《被淘汰的高手》森永博志 / 東京書籍

「 故 事 」 活 出 自 己 的 故 事 。

我向來抗拒作品具有特定形式，對於人生，我也堅決不落入窠臼。我認為唯有變化才是人生。直到現在，我還沒有把握自己已決定這一生的方向。我甚至認為，決定一生的選擇今後才會到來。
＊平面設計師　橫尾忠則　《當時我如此決定》　光文社文庫

如果人生能重來
誰都不會有懊悔
但人生只有一次
要重來就趁此生
＊長淵剛　《高唱啦啦啦的人生》

愚者談論過去，賢者談論現在，狂人談論未來。
＊拿破崙　《拿破崙言行錄》　岩波文庫

未來，可以從現在開始改變。
＊哆啦Ａ夢　《哆啦Ａ夢》　藤子・Ｆ・不二雄／小學館

人總是渴望許多，但真正需要的卻屈指可數。
因為人生苦短，人的命運有限。
＊德國作家　歌德

「 故 事 」 活 出 自 己 的 故 事 。

爲了什麼而生
爲了什麼而活
答不出來嗎？
這怎麼可以！

什麼是你的幸福
什麼能讓你快樂
一無所知就結束？
這怎麼可以！

＊麵包超人　《麵包超人的進行曲》

別管別人怎麼說，只要你擁有精彩人生，那就得了。
＊辰吉丈一郎　《波瀾萬丈　辰吉丈一郎》　Baseball Magazines

我這一生毫無一絲悔恨！
＊拉歐　《北斗之拳》　武論尊、原哲夫 / COAMIX（台灣東立出版）

自由。

慾望。

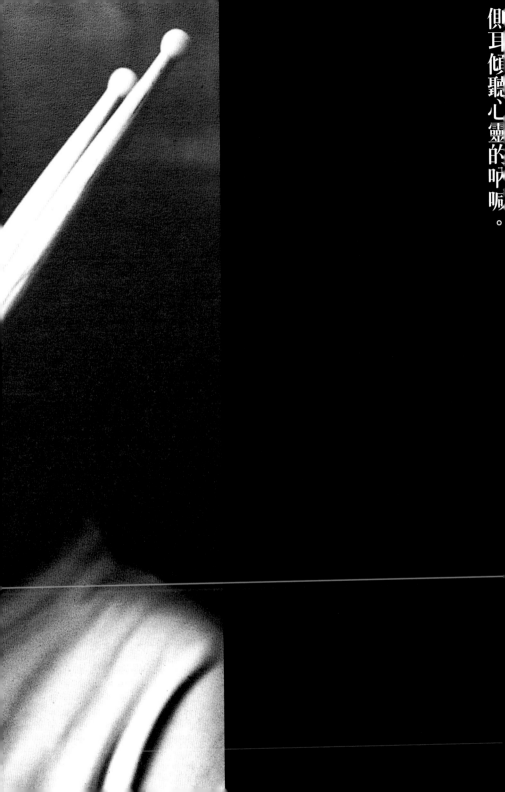

側耳傾聽、心靈的吶喊。

一邊哭、一邊笑，
一邊酣暢痛飲。

抬頭挺胸，走自己的路。

恣意生活。

BOOK GUIDE SIXTY-NINE

Book Guide 69

讓這給我精釆靈感的 69 本書，
也陪伴你走在這趟人生旅途上。

"THE LIFE MAP"
Written & Edited by Ayumu Takahashi

Book Guide 69: 漫畫
COMICs
Selected by Ayumu Takahashi

★

Guide Number 01

*Title:
「聖堂教父」

史村翔、池上遼一 / 小學館
（台灣時報出版）

BOOK GUIDE 69 / 23 Comics / 23 Novels / 23 Non-Fictions

Guide Number 02

*Title:
「純愛新娘」

吉田聰 / 小學館

BOOK GUIDE 69 / 23 Comics / 23 Novels / 23 Non-Fictions

Guide Number 03

*Title:
「湘南爆走族」

吉田聰 / 少年畫報社
（台灣東立出版）

BOOK GUIDE 69 / 23 Comics / 23 Novels / 23 Non-Fictions

Guide Number 04

*Title:
「素浪人」

吉田聰 / 小學館

BOOK GUIDE 69 / 23 Comics / 23 Novels / 23 Non-Fictions

Guide Number 05

*Title:
「霸氣男兒DADA！」

吉田聰 / 小學館
（台灣大然出版）

BOOK GUIDE 69 / 23 Comics / 23 Novels / 23 Non-Fictions

Guide Number 06

*Title:
「ONE PIECE 航海王」

尾田榮一郎 / 集英社
（台灣東立出版）

BOOK GUIDE 69 / 23 Comics / 23 Novels / 23 Non-Fictions

Guide Number 07

*Title:
「REAL」

井上雄彥 / 集英社
（台灣尖端出版）

BOOK GUIDE 69 / 23 Comics / 23 Novels / 23 Non-Fictions

Guide Number 08

*Title:
「龍馬傳」

武田鐵矢、小山由 / 小學館

BOOK GUIDE 69 / 23 Comics / 23 Novels / 23 Non-Fictions

Guide Number 09

*Title:
「高校太保」

木內一弘 / 講談社

BOOK GUIDE 69 / 23 Comics / 23 Novels / 23 Non-Fictions

Guide Number 10

*Title:
「龍兄虎弟」

大島矢須一 / Leed
（台灣東立出版）

BOOK GUIDE 69 / 23 Comics / 23 Novels / 23 Non-Fictions

Guide Number 11

*Title:
「上班族金太郎」

本宮宏志 / 集英社
（台灣東立出版）

BOOK GUIDE 69 / 23 Comics / 23 Novels / 23 Non-Fictions

Guide Number 12

*Title:
「哆啦A夢」

藤子 F 不二雄 / 小學館
（台灣青文出版）

Guide Number 13

*Title:
「北斗之拳」

武論尊、原哲夫 / COAMIX
（台灣東立出版）

Guide Number 14

*Title:
「小拳王」

千葉徹彌、高森朝雄 / 講談社
（台灣東立出版）

Guide Number 15

*Title:
「風之谷」

宮崎駿 / 德間書店
（台灣東販出版）

Guide Number 16

*Title:
「乒乓」

松本大洋 / 小學館

Guide Number 17

*Title:
「人間交差點」

矢島正雄、弘兼憲史 / 小學館
（台灣時報出版）

Guide Number 18

*Title:
「大飯桶」

水島新司 / 秋田書店
（台灣長鴻出版）

Guide Number 19

*Title:
「原子小金剛」

手塚治蟲 / 講談社
（台灣時報出版）

Guide Number 20

*Title:
「疾風特攻隊」

佐木飛朗斗 / 講談社
（台灣東立出版）

Guide Number 21

*Title:
「去吧！稻中桌球社」

古谷實 / 講談社
（台灣尖端出版）

Guide Number 22

*Title:
「HAPPY MANIA-戀愛暴走族」

安野夢洋子 / 祥傳社漫畫文庫
（台灣尖端出版）

Guide Number 23

*Title:
《賭博默示錄：Kaiji》

福本伸行 / 講談社
（台灣長鴻出版）

Book Guide 69: 小說
NOVELs
Selected by Ayumu Takahashi ★

Guide Number 24

*Title:
「天地一沙鷗」

李察・巴哈（譯註：Richard David Bach，1936-）／ 新潮文庫（台灣高寶出版）

Guide Number 25

*Title:
「夢幻飛行」

李察・巴哈（譯註：Richard David Bach，1936-）／ 集英社文庫（台灣方智出版）

Guide Number 26

*Title:
「一」

李察・巴哈（譯註：Richard David Bach，1936-）／ 集英社文庫（聯經出版）

Guide Number 27

*Title:
「牧羊少年奇幻之旅」

保羅・科爾賀（譯註：Paulo Coelho，1947-）／ 角川文庫（台灣時報出版）

Guide Number 28

*Title:
「愛與幻想的法西斯」

村上龍／講談社文庫

Guide Number 29

*Title:
「希望之國」

村上龍／文藝春秋
（台灣大田出版）

Guide Number 30

*Title:
「69」

村上龍／集英社文庫
（台灣大田出版）

Guide Number 31

*Title:
「兔之眼」

灰谷健次郎／角川文庫
（台灣新雨出版）

Guide Number 32

*Title:
「太陽之子」

灰谷健次郎／角川文庫

Guide Number 33

*Title:
「天之瞳」

灰谷健次郎／角川文庫
（台灣新雨出版）

Guide Number 34

*Title:
「盜國物語」

司馬遼太郎／新潮文庫

Guide Number **35**

*Title:
「浮生記」

司馬遼太郎 / 文春文庫

Guide Number **36**

*Title:
「龍馬行」

司馬遼太郎 / 文春文庫
（台灣遠流出版）

Guide Number **37**

*Title:
「坂上之雲」

司馬遼太郎 / 文春文庫

Guide Number **38**

*Title:
「曠野的聲音」

瑪洛・摩根（譯註：Marlo
Morgan，1937-）/ 角川文庫
（台灣智庫出版）

Guide Number **39**

*Title:
「在路上」

傑克・凱魯亞克（譯註：Jack
Kerouac，1922-1969）/ 河田文庫
（台灣漫遊者文化出版）

Guide Number **40**

*Title:
「聖境預言書」

詹姆士・雷德非（譯註：James
Redfield，1950-）/ 角川文庫
（台灣遠流出版）

Guide Number **41**

*Title:
「小王子」

聖 修伯里（譯註：Antoine de
Saint Exupéry，1900-1944）/ 岩波
書店（台灣飛寶出版）

Guide Number **42**

*Title:
「少年小樹之歌」

佛瑞斯特 卡特（譯註：Forrest
Carter，1925-1979）/ MERKMAL
（台灣小知堂出版）

Guide Number **43**

*Title:
「沒人知道的小國家」

佐藤曉 / 講談社
（台灣水牛出版）

Guide Number **44**

*Title:
「LIVE」

荒谷大輔 / SANCTUARY出版

Guide Number **45**

*Title:
「爸爸的飛龍」

露絲・史提爾斯・加內特（譯註：
Ruth Stiles Gannet，1923）/ 福音
館（台灣晨星出版，收錄於「艾摩
與小飛龍的奇遇記」）

Guide Number **46**

*Title:
「大逃殺」

高見廣春 / 太田出版
（台灣木馬文化出版）

Book Guide 69:
Non-Fictions
Selected by Ayumu Takahashi

*Title:

「被淘汰的高手」

森永博志／東京書籍

---

*Title:

「盡情衝撞：
GOLD RUSH 1969-1999」

森永博志／ Little More

*Title:

「續・香格里拉的預言」

立川直樹、森永博志／東京書籍

---

*Title:

「地球的星斗COSMIC
JOURNEY TO ISLANDS」

森永博志／文華社

*Title:

「切格瓦拉論游擊戰」

切 格瓦拉（譯註：Che Guevara，
1928-1967）／角川文庫（木馬文化出
版）

---

*Title:

「智人海豚」

傑克 馬猶（Jacques Mayol，1927-
2001）／講談社

*Title:

「德蕾莎修女 滿溢的愛」

沖守弘／講談社文庫

---

*Title:

「地球家族世界三十個國家的
平凡生活」

Material World Project TOTO出版

*Title:

「記得你終將一死」

藤原新也／情報中心出版局

---

*Title:

「沈思彷徨」

藤原新也／筑摩書房

*Title:

「自給自足完全教戰手冊」

珍・西摩
（Jane Seymour）／文化出版局

Guide Number 58

*Title:
「抱抱我、背背我」

菊田真理子 / 青春出版社

Guide Number 59

*Title:
「你的《寶貝》是什麼？」

伊勢華子 / Parol舍

Guide Number 60

*Title:
「盡情使壞：
NBA籃板王羅德曼自傳」

丹尼斯，羅德曼（譯註：Dennis Rodman）/ 德間書店（台灣智庫出版）

Guide Number 61

*Title:
「〈生命〉
暢遊阿拉斯加原野」

星野道夫 / 新潮文庫

Guide Number 62

*Title:
「旅人星野道夫的生與死」

池澤夏樹 / Switch Publishing

Guide Number 63

*Title:
「地球的耳語」

龍村仁 / 角川書店

Guide Number 64

*Title:
「真實的愛，給西恩的畫」

約翰・藍儂 / 德間書店

安藤忠雄 建築を語る

Guide Number 65

*Title:
「安藤忠雄的東京大學建築講座」

安藤忠雄 / 東京大學出版會
（台灣五南出版）

Guide Number 66

*Title:
「揭開吾友艾爾頓・
洗拿的天才秘密」

櫻井淑敏 / 祥傳社

Guide Number 67

*Title:
「新編 宮澤賢治詩集」

宮澤賢治 / 角川書店

Guide Number 68

*Title:
「酒保手冊」

花崎一夫、山崎正信 / 柴田書店

Guide Number 69

*Title:
「寂靜的春天」

瑞秋・卡森（譯註：Reachel Carson，1907-1964）/ 新潮文庫
（台灣晨星出版）

結語

「爲了更了解自己」

我將圍繞在這個主題上每天所談、所想的事，彙整成書。
再加上從各種角度給我靈感的珠璣良言或照片，並且介紹幾本
我喜歡的書。

我想不需要我再次強調，生活方式沒有答案，也沒必要找答
案。人生中有許多事無法釐清、不能訴諸言語。

「自己」這個人天天都在變化，每個片刻瞬間，都值得慢慢去
發掘。

希望大家先放下肩頭的力氣，一邊跟自己對話，一邊用這本書
來玩一玩。
柔軟、放鬆、自由奔放地玩。

誠摯希望這本書能在你這趟人生旅程中，多少發揮些作用。

讓我們彼此誠實面對自己心裡的聲音，繼續這趟旅程。
當我們在旅途中偶然相遇時，記得舉杯對飲。

祝福我們都能擁有最棒的人生。

See you!

2003年10月30日。
獻給我踏上新旅程的爺爺。

高橋步

再也沒有比這更自以為是的書了。
這本書裡所寫的，最好不要全盤相信。
很有可能意義完全相反。

住在某個島國上的老人所說的話

《人生最棒的一天》

編著：A-Works

旅行，對每個人經驗來說，都是別人所無法複製的，
有時，雖然只是一趟小旅行，竟然可以改變整個人生！

自由人高橋步嚴選88個你絕對忘不了的旅行故事！
88個旅行的故事，
也是88個幸福的力量。

敬請期待 Dream On 系列

《SWITCH NOTE：改變人生的88個開關》

編著：淹本洋平、磯雄克行

你的視野如何改變？

你的價值觀如何確認？

很多經驗與常識，

你是不是都以為理所當然，

或本來就這樣……

人生如果活到80歲的話，

平均27年是睡眠狀態，

10年吃飯，3年上廁所……

想要實現的夢想，

只剩下40年了，你，還在等什麼？

國家圖書館出版品預行編目資料

人生地圖 / 高橋步編著；詹慕如譯. ——初版——
臺北市：大田，民 103.11
面；公分 . ——（Dream：02）

ISBN 978-986-179-363-4（平裝）

855   103016851

Dream 02

....

人生地圖

高橋步◎著
詹慕如◎譯

出版者：大田出版有限公司
台北市 10445 中山北路二段 26 巷 2 號 2 樓
E-mail：titan3@ms22.hinet.net http://www.titan3.com.tw
編輯部專線：（02）25621383 傳眞：（02）25818761
【如果您對本書或本出版公司有任何意見，歡迎來電】

總編輯：莊培園
副總編輯：蔡鳳儀 執行編輯：陳顕如
行銷企劃：張家綺 / 高欣好
校對：黃薇霓 / 陳顕如

初版：二〇一四年（民 103）十一月一日 定價：300 元
國際書碼：978-986-179-363-4 CIP：855/103016851

人生の地図
©2003 Ayumu Takahashi
All rights reserved.
Original Japanese edition published in 2003 by A-Works Inc.
Complex Chinese Character translation rights arranged with SANCTUARY Publishing Inc.
through Owls Agency Inc., Tokyo.

讀 者 回 函

你可能是各種年齡、各種職業、各種學校、各種收入的代表，

這些社會身分雖然不重要，但是，我們希望在下一本書中也能找到你。

名字／＿＿＿＿＿＿＿＿＿＿ 性別／□女 □男　　出生／＿＿＿＿年＿＿＿月＿＿＿日

教育程度／

職業：□ 學生□ 教師□ 內勤職員□ 家庭主婦 □SOHO族□ 企業主管

　　　□ 服務業□ 製造業□ 醫藥護理□ 軍警□ 資訊業□ 銷售業務

　　　□ 其他＿＿＿＿＿＿＿＿＿＿＿＿＿＿＿＿＿＿＿＿＿＿＿＿＿＿＿＿

E-mail/＿＿＿＿＿＿＿＿＿＿＿＿＿＿＿＿＿＿＿ 電話／＿＿＿＿＿＿＿＿＿＿＿

聯絡地址：

你如何發現這本書的？　　　　　　　　　　　　書名：人生地圖

□書店閒逛時＿＿＿＿＿＿書店 □不小心在網路書店看到（哪一家網路書店？）＿＿＿＿

□朋友的男朋友(女朋友)灑狗血推薦 □大田電子報或編輯病部落格 □大田FB粉絲專頁

□部落格版主推薦 ＿＿＿＿＿＿＿＿＿＿＿＿＿＿＿＿＿＿＿＿＿＿＿＿＿＿＿＿

□其他各種可能，是編輯沒想到的 ＿＿＿＿＿＿＿＿＿＿＿＿＿＿＿＿＿＿＿＿＿

你或許常常愛上新的咖啡廣告、新的偶像明星、新的衣服、新的香水……

但是，你怎麼愛上一本新書的？

□我覺得還滿便宜的啦！ □我被內容感動 □我對本書作者的作品有蒐集癖

□我最喜歡有贈品的書 □老實講「貴出版社」的整體包裝還滿合我意的 □以上皆非

□可能還有其他說法，請告訴我們你的說法

＿＿＿＿＿＿＿＿＿＿＿＿＿＿＿＿＿＿＿＿＿＿＿＿＿＿＿＿＿＿＿＿＿＿＿＿＿

你一定有不同凡響的閱讀嗜好，請告訴我們：

□哲學 □心理學 □宗教 □自然生態 □流行趨勢 □醫療保健 □ 財經企管□ 史地□ 傳記

□ 文學□ 散文□ 原住民 □ 小說□ 親子叢書□ 休閒旅遊□ 其他 ＿＿＿＿＿＿＿＿＿

你對於紙本書以及電子書一起出版時，你會先選擇購買

□ 紙本書□ 電子書□ 其他＿＿＿＿＿＿＿＿＿＿＿＿＿＿＿＿＿＿＿＿＿＿＿＿＿

如果本書出版電子版，你會購買嗎？

□ 會□ 不會□ 其他＿＿＿＿＿＿＿＿＿＿＿＿＿＿＿＿＿＿＿＿＿＿＿＿＿＿＿

你認為電子書有哪些品項讓你想要購買？

□ 純文學小說□ 輕小說□ 圖文書□ 旅遊資訊□ 心理勵志□ 語言學習□ 美容保養

□ 服裝搭配□ 攝影□ 寵物□ 其他 ＿＿＿＿＿＿＿＿＿＿＿＿＿＿＿＿＿＿＿＿＿

請說出對本書的其他意見：

大田精美小禮物等著你！

只要在回函卡背面留下正確的姓名、E-mail和聯絡地址，
並寄回大田出版社，
你就有機會得到大田精美的小禮物！
得獎名單每雙月10日，
將公布於大田出版「編輯病」部落格，
請密切注意！

大田編輯病部落格：http://titan3.pixnet.net/blog/

智　慧　與　美　麗　的　許　諾　之　地